PHILIPPE QUINAULT,

DE L'ACADÉMIE FRANÇAISE.

NOTICE

SUR LA VIE ET LES OUVRAGES

DE QUINAULT,

SUIVIE

DE PIÈCES RELATIVES A L'ÉTABLISSEMENT

DE L'OPÉRA;

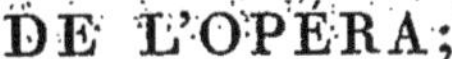

PAR G. A. CRAPELET, IMPRIMEUR.

A PARIS,

DE L'IMPRIMERIE DE CRAPELET,

RUE DE VAUGIRARD, N° 9.

1824.

NOTICE

SUR LA VIE ET LES OUVRAGES DE QUINAULT.

L'UN des plus illustres auteurs du siècle de Louis XIV a été loué et critiqué par ses contemporains, exalté et déprécié après sa mort; c'est le partage ordinaire du génie, ce devoit être celui de Quinault. Dans ce combat des opinions, aucune attaque n'a été dirigée contre sa personne; et tout ce que ses détracteurs mêmes ont pu recueillir de faits et de particularités sur sa vie privée n'a servi qu'à mieux faire connoître ses estimables qualités et la bonté de son caractère, tandis que les épigrammes de Boileau ont tourmenté sa réputation littéraire et en ont diminué l'éclat.

Beaucoup d'écrivains ont parlé des ouvrages de Quinault, et avec des sentimens divers; mais il est à remarquer que la plupart ont pris la défense du tendre lyrique contre le sévère Boileau, sans atteindre leur but, ou plutôt même en atteignant un but tout opposé. C'est du moins en France le sort presque inévitable des louanges outrées et des longues discussions, opposées à la vive saillie et aux traits piquans d'un railleur d'esprit.

C'est ainsi que Voltaire lui-même, en mettant un seul couplet de Médée [1] au-dessus de trois tragédies entières du même nom, dont l'une est de P. Corneille, exagéra ses louanges et en détruisit l'effet; car l'exagération ne persuade jamais, et plus on veut imposer d'admiration au lecteur, plus il s'en défend. C'est ce que Boileau fait bien sentir lorsqu'il dit : [2] « Il est certain que M. Quinault étoit un honnête homme, et si modeste, que je suis persuadé que s'il étoit encore en vie, il ne seroit guère moins choqué des louanges outrées que lui donne M. Perrault, que des traits qui sont contre lui dans mes satires. »

Certainement Voltaire étoit bien de tous les précédens panégyristes de Quinault le plus capable de faire ressortir avec art toutes les beautés

[1] Opéra de *Thésée*, acte III, sc. VII.

[2] *Réflexions critiques sur quelques passages du rhéteur Longin.* Réflexion III.

de ses compositions lyriques, d'apprécier sa grâce, sa douceur, l'élégance et la facilité de son style; de porter dans l'âme de ses lecteurs le désir de mieux connoître un poète dont jusqu'alors ils avoient presque ignoré les charmes, et de restituer ainsi à son nom toute la gloire qui lui appartient. Mais Voltaire s'est armé pour Quinault contre Boileau : il a exalté son poète; il s'est animé; il a semblé dès lors combattre comme pour lui-même, et il s'est oublié jusqu'à qualifier Boileau du nom de *Zoïle de Quinault.* [1] Il arrive donc à Voltaire ce qui est arrivé à Boileau. On a blâmé le satirique d'avoir poursuivi de ses épigrammes un auteur du premier mérite dans son genre, et l'on se souvient à peine que le même satirique a rendu plus tard une justice éclatante aux qualités et aux talens de Quinault. On reproche avec raison à Voltaire son injurieux *Zoïle*, qui ne devoit

[1] *Épître à Boileau, ou mon Testament*, édit. Renouard, tome XI, page 220 :

Boileau, correct auteur de quelques bons écrits,
Zoïle de Quinault, et flatteur de Louis,

. . . .

Mais je veux avec toi baiser dans l'Élysée
La main qui nous peignit l'épouse de Thésée.
J'embrasserai Quinault, en dusses-tu crever.

pas échapper à sa plume, même malgré la séduction de l'antithèse, sans penser que l'auteur de *la Henriade* a proclamé Boileau *l'honneur de la France*, en tête du *Siècle de Louis XIV*.[1]

Mais, au reste, la diversité des opinions sur les tragédies lyriques de Quinault n'a pu tenir qu'à la nature même du genre qu'il s'est créé, genre qui n'a eu qu'un maître et peu de disciples en France. Il en est résulté que les écrivains comme les lecteurs ont apprécié cette sorte de composition chacun suivant son goût, ses penchans et ses opinions même. Laharpe seul a jugé Quinault, et a fait un résumé aussi impartial que judicieux des principaux débats que la cause lyrique avoit fait naître. Cet excellent morceau de critique littéraire qui accompagne cette Édition me dispense de rapporter ici les jugemens des autres écrivains sur Quinault. Je me bornerai à présenter les faits principaux et avérés qui ont été recueillis sur sa vie et ses ouvrages.

Philippe QUINAULT naquit à Paris, le 3 juin 1635[2], année de la fondation de l'Académie Françoise, dont il devint membre en 1670, à l'âge de

[1] *Liste des Écrivains illustres.*

[2] Lulli vit le jour à Florence la même année 1635.

trente-cinq ans. On croit être certain aujourd'hui qu'il étoit fils d'un boulanger, quoique l'abbé d'Olivet ait regardé cette allégation de Furetière comme dictée par la médisance et par la colère. Furetière, en effet, exclu du sein de l'Académie, se plaisoit à recueillir toutes les particularités qui pouvoient déconsidérer les membres de cette société, et c'est en quoi il étoit blâmable. Toutefois il paroissoit bien informé sur la naissance de Quinault, puisque des recherches qui ont été faites récemment à cet égard par M. Beffara, qui en a publié de semblables sur Molière et Regnard, prouvent que Philippe Quinault étoit « fils de Thomas Quinault, maître boulanger, et de Perrine Riquier, sa femme, demeurans rue de Grenelle, d'après les registres de la paroisse Saint-Eustache, où il fut baptisé. [1] » Cette circonstance viendroit aujourd'hui donner un nouveau relief au mérite personnel de Quinault, si les écrivains qui ont fait son éloge n'en eussent pris à l'avance l'occasion de le louer davantage. « Quand il seroit fils d'un boulanger, dit l'abbé d'Olivet [2], il n'en mériteroit que plus d'estime pour avoir si bien

[1] *Biographie universelle*, article Quinault, par M. de Sevelinges.

[2] *Histoire de l'Académie Françoise*, tome II.

réparé les torts de sa naissance; et loin de m'en taire, je me ferois ici un devoir de le dire en faveur de ceux qui viennent au monde avec des talens pour tout héritage. La distance qu'ils croyoient voir entre eux et la gloire disparoît à leurs yeux; ils aspirent à se donner un mérite qui les venge de la fortune. » Ménage avoit déjà exprimé les mêmes pensées, en reprochant à Furetière ses attaques contre la naissance de Quinault: « Depuis que Plaute a été valet d'un boulanger, comme on le sait, ce n'est plus un grand déshonneur ni une tache essentielle à un poète d'en être descendu. Les poètes ne tirent leur extraction que de la beauté de leurs ouvrages, et c'est là qu'il faut aller chercher leur noblesse.[1] »

Sans avoir à rougir de sa naissance, ce que Quinault pouvoit regretter, et ce qui est toujours regrettable, c'est que ses parens n'eussent pas assez de fortune pour lui procurer les bienfaits d'une éducation complète, et surtout pour lui permettre de se livrer, sans inquiétude sur l'avenir, à son penchant pour la poésie. Mais il eut le bonheur de s'attacher à Tristan l'Hermite (auteur de *Mariamne*), qui le prit en affection, et l'associa

[1] *Ménagiana*, tome II.

à l'éducation qu'il donnoit lui-même à son fils unique. Le vieux poète, reconnoissant dans son élève une grande facilité et un goût décidé pour la poésie, encouragea ses heureuses dispositions, et ne tarda pas à recueillir le fruit de ses leçons et de ses soins. Dès l'âge de quinze ans, selon Perrault, il composa des pièces de théâtre, et à dix-huit ans il donna au Théâtre François, sous la protection de Tristan l'Hermite, sa première comédie des *Rivales*, en 1653. On rapporte que c'est à l'occasion de cette pièce que fut établi le droit de part des auteurs sur une portion de la recette des comédiens, tandis que précédemment le prix étoit débattu avec les auteurs, et une fois payé. Tristan, qui avoit de l'expérience, ne voulut pas que son élève présentât lui-même sa comédie, dans la crainte que la jeunesse de l'auteur ne devînt un prétexte de refus ou de dépréciation de l'ouvrage. Il l'offrit donc sous son nom aux comédiens, qui le reçurent immédiatement, et en fixèrent le prix à cent écus. Tristan, qui avoit été témoin du premier succès que la comédie de Quinault avoit obtenu à la lecture, ne voulut pas différer de lui en restituer le plaisir et la gloire, et avoua aux comédiens qu'elle étoit du jeune

Quinault, son élève. Ceux-ci se récrièrent d'abord, prétendirent qu'il falloit encore examiner la pièce, qu'ils y avoient reconnu des défauts, enfin qu'elle ne valoit vraiment que cinquante écus. Pour lever toute difficulté, on convint que, pendant un certain nombre d'années, le neuvième de la recette de chaque représentation seroit accordé à l'auteur. Cet arrangement, qui s'est maintenu depuis avec différentes modifications, dut être très profitable aux intérêts du jeune poète; car la pièce des *Rivales* et celles qui la suivirent eurent un grand nombre de représentations. « Lorsqu'il fit ses premières pièces [1], dit Ménage, elles étoient tellement goûtées et si fort applaudies, que l'on entendoit le brouhaha à deux rues de l'Hôtel de Bourgogne. »

Cependant Quinault eut la sagesse, très rare à son âge, de ne point se laisser éblouir par de si brillans succès; et le parti qu'il prit, d'après les conseils de ses amis, d'entrer chez un avocat, pour étudier quelque chose de plus solide que le théâtre, fait assez connoître qu'il avoit en partage un jugement précoce et d'excellens amis. La noblesse de ses sentimens, la bonté de son cœur,

[1] *Ménagiana*, tome III.

l'aménité de son caractère et l'agrément de son esprit lui permettoient en effet de compter déjà des amis, dans un âge où les liaisons ne sont d'ordinaire que de frivoles connoissances. Il joignoit à toutes ces qualités la vraie modestie qui en rehausse le prix et l'éclat, et une flexibilité d'humeur qui lui a fait trouver la tranquillité et le bonheur dans une carrière où il est très rare de les rencontrer.

Il falloit surtout que le jeune Quinault eût une grande ardeur pour le travail, puisqu'en consacrant une partie de son temps aux études de sa nouvelle profession, il en trouvoit encore pour composer des comédies qui se succédoient au théâtre chaque année sans interruption. Mais je serois assez porté à croire, avec l'abbé d'Olivet, qu'il ne lui fut guère possible de faire de grands progrès dans la science du procureur, à moins de supposer qu'il travailloit pour le barreau tout le jour, et toute la nuit pour le théâtre. L'exemple que cite Perrault, pour prouver que Quinault avoit acquis en peu de temps une connoissance parfaite des affaires, me paroît faire plus d'honneur à la pénétration et à la facilité de l'esprit du poète qu'à ses connoissances dans les études de pratique. « L'avocat chargea Quinault de mener une de ses parties, gentilhomme d'esprit et de mérite, chez son rapporteur pour l'instruire de son affaire. Le rapporteur ne s'étant pas trouvé chez lui, et ne devant revenir que fort tard, M. Quinault proposa au gentilhomme de le mener à la comédie en attendant, et de le bien placer sur le théâtre. A peine y furent-ils, que tout ce qu'il y avoit de gens de la plus haute qualité vinrent embrasser M. Quinault, et le féliciter sur la beauté de sa pièce (*l'Amant indiscret*, 1654), qu'ils venoient voir représenter, à ce qu'ils disoient, pour la troisième ou quatrième fois. Le gentilhomme, étonné de ce qu'il entendoit, le fut encore bien davantage quand on joua la comédie, où le parterre et les loges retentissoient sans cesse des applaudissemens qu'on y donnoit. Quelque grande que fût sa surprise, elle fut encore tout autre lorsque, étant chez son rapporteur, il entendit M. Quinault lui expliquer son affaire, non seulement avec une netteté incroyable, mais avec des raisons qui en faisoient voir la justice avec tant d'évidence, qu'il ne douta plus du gain de sa cause.[1] » Cette comédie de *l'Amant indiscret* se

[1] Perrault, *Hommes illustres de la France*, in-fol.

distingue entre celles de Quinault par un style plus vif et plus comique; et l'on pense que Voltaire l'a mise à profit pour sa comédie de *l'Indiscret*.

Vers cette époque, le jeune Quinault avoit quitté la maison de son maître et de son ami Tristan, et probablement aussi le cabinet de l'avocat au conseil. Il commençoit à être répandu dans le monde, et à jouir de ses succès; il étoit recherché et accueilli dans les sociétés les plus distinguées, lorsqu'il apprit les malheurs de son bienfaiteur, de son second père. [1] « Tristan avoit perdu son fils unique, et les parens de sa femme lui avoient intenté un procès qui pouvoit compromettre son aisance. Tant de disgrâces l'avoient accablé; il étoit dangereusement malade, et le chagrin, plus que les autres maux, le conduisoit au tombeau. Quinault abandonna tout pour aller remplacer, auprès de l'infortuné Tristan, son ancien compagnon d'études. Il lui tint lieu du fils qu'il regrettoit; et, lui prodiguant les soins les plus tendres

[1] J'emprunte textuellement le récit de ce fait, si honorable pour la mémoire de Quinault, à une Notice qui est placée en tête du tome VIII de l'édition du *Répertoire du Théâtre françois*, publié par M. Petitot; *Paris*, 1804. Le fait est aussi rapporté dans la *Vie de Quinault*, par Boscheron.

et les plus délicats, il parvint à lui faire retrouver la santé et la paix de l'âme. Tristan, touché de la reconnoissance de son élève, ne voulut plus se séparer de lui; il le conserva dans sa maison jusqu'à sa mort, qui arriva quelque temps après. Quinault auroit pu profiter de la tendresse de son père adoptif pour avoir part à sa succession. Ce qui prouve la noblesse et le désintéressement de son caractère, c'est qu'il abandonna aux parens de Tristan les sommes que celui-ci lui avoit léguées. » Les sommes que dut laisser après lui un poète qui mourut dans la pauvreté, et qui, suivant Boileau, *passoit l'été sans linge et l'hiver sans manteau*, ne pouvoient être d'aucune importance; mais quelques écus de plus ou de moins ne changent rien au mérite d'un aussi beau dévouement.

Après la mort de son bienfaiteur, en 1655, Quinault continua à travailler pour le théâtre, et donna cette même année *la Comédie sans comédie*, dans laquelle l'auteur réunit les différens genres de composition théâtrale; pastorale, comédie, tragédie, et tragi-comédie à machines ou opéra. Cette pièce, qui montroit la facilité et la variété du talent de l'auteur, fut bien reçue du public, à qui plaît toujours la diversité des spectacles. Mais l'un des actes de cette pièce, *le Docteur de verre*, a un autre genre de mérite qui dut contribuer à son succès. Le rôle du docteur est plein de gaieté; c'est un vieux pédant de collége qui ne parle qu'un latin francisé, et qui, dans sa folie amoureuse, s'imaginant être de verre, craint le moindre contact de tout ce qui l'environne; il ne revient de sa folie que pour renoncer au mariage.

L'année suivante, 1656, parut la première tragédie de Quinault, *la Mort de Cyrus*, en cinq actes, qui avoit été précédée, dans la même année, des *Coups de l'Amour et de la Fortune*, tragicomédie, aussi en cinq actes. On voit avec quelle rapidité se succédoient les ouvrages de notre poète, qui, s'abandonnant de plus en plus à sa trop grande facilité, ne pouvoit guère leur donner toute la perfection désirable. Des critiques, même moins sévères et moins judicieux que Boileau, n'auroient pas été injustes, et eussent rendu un important service à Quinault, en lui signalant, dès ses premières pièces, les écueils de cette dangereuse facilité, d'où résultoit la foiblesse de ses conceptions dramatiques, et la négligence de son style. Mais le jeune poète étoit vanté, admiré par ses amis, applaudi par le public, et peut-être sollicité par son libraire. Il trouvoit dans les jouissances de ses succès plus d'inspiration que dans son génie, et sa plume produisoit sans peine et sans réserve des ouvrages qui étoient accueillis sans examen par l'enthousiasme. Les lettres ont eu souvent à déplorer les effets de semblables complaisances, et peut-être aurions-nous à craindre aujourd'hui même qu'un beau talent dramatique ne portât pas tous ses fruits, s'il étoit réservé à une aussi funeste indulgence.

Boileau étoit venu trop tard pour l'avantage de Quinault. Plus jeune que lui d'une année, le critique n'avoit pas encore mis au jour sa première satire [1], que déjà Quinault avoit produit onze comédies ou tragédies dans l'espace de sept ans. Il avoit donc, et depuis long-temps, contracté l'habitude d'un travail précipité qu'encourageoient toujours des louanges inconsidérées. Mais le censeur du Parnasse ne se regarda pas comme dispensé de remplir son devoir. Nous croirons facilement que lorsque Boileau, pour la

[1] Boileau avoit vingt-quatre ans lorsque parut sa première satire. Quinault en avoit dix-huit lorsqu'il donna sa première comédie.

première fois [1], appela le nom de Quinault pour terminer son vers, celui-ci dut être assez étourdi du coup de cette rime, et ses amis encore plus.

On a cru voir de l'inimitié personnelle de la part de Boileau dans ses attaques réitérées contre l'auteur d'*Astrate*; mais elles furent assurément provoquées par la sévérité du goût du censeur. Juge rigide de ses propres écrits, il ne croyoit pas devoir être moins difficile envers les autres. Il vit sans doute avec peine, et peut-être avec quelque déplaisir, un jeune poète porté aux nues sans avoir rien fait d'achevé, et sa fécondité lui parut être d'un pernicieux exemple pour les lettres. Malheureusement la critique étoit trop tardive, et il fallut que le génie de Quinault s'exerçât dans un genre nouveau pour relever cette gloire littéraire que Boileau avoit été près de faire tomber, quand elle ne reposoit que sur les premiers ouvrages du poète lyrique.

Les amis de Quinault l'entraînèrent dans une démarche aussi inconsidérée que ridicule, en l'excitant à demander justice d'une épigramme devant les tribunaux. La seule vengeance du poète offensé devoit être un chef-d'œuvre; mais *Astrate*

[1] Dans la seconde Satire.

parut, et Boileau ressaisit l'épigramme. C'est un fait reconnu; jamais ce ne fut la personne de Quinault que le satirique poursuivit de ses railleries piquantes, comme il avoit fait d'autres poètes, mais ses seuls ouvrages. Ces deux hommes de génie devoient en effet s'estimer, et ils finirent par devenir amis. « A propos d'amis, écrit Boileau à Racine en 1687, dites bien à M. Quinault que je lui suis infiniment obligé de son souvenir, et des choses obligeantes qu'il a écrites de moi à M. l'abbé de Sales. Vous pouvez l'assurer que je le compte présentement au rang de mes meilleurs amis, et de ceux dont j'estime le plus le cœur et l'esprit. » Voilà dans quelles dispositions se trouvoient les deux poètes un an avant la mort de Quinault; et certainement il seroit difficile d'y trouver aucune trace d'inimitié. Les rapports et les sentimens qui ont dû exister entre Boileau et Quinault ont fourni matière à de nombreuses discussions littéraires. Le nom illustre qui s'y rattache m'a détourné un instant de mon sujet principal : j'y reviens.

Depuis la tragédie de la *Mort de Cyrus* dont j'ai déjà parlé, Quinault donna successivement six autres pièces jusqu'en 1661 que parut la tragédie d'*Agrippa, ou le Faux Tibérinus*, qui fut jouée deux mois de suite, et reprise plusieurs fois. C'est vers cette même année que l'on peut placer l'époque du mariage de Quinault. Cette circonstance de sa vie est racontée assez diversement par les auteurs. Je rapporterai celle qui paroît la plus certaine.

Quinault étoit alors dans sa vingt-sixième année. Il avoit vivement recherché la main d'une jolie personne nommée Louise Goujon ; mais ses parens la forcèrent d'épouser un riche négociant qui la laissa veuve après quelque temps de mariage. Elle ne tarda pas à s'unir à Quinault, et lui apporta une dot que l'on fait monter à plus de quarante mille écus. Quinault, dans son acte de mariage, avoit pris le titre d'avocat en Parlement; mais sa nouvelle fortune lui donna le désir d'avoir un autre titre, et il acheta une charge de valet de chambre du roi, dont il prit la qualité dans l'acte de naissance de sa première fille. Le cours de la prospérité ne se ralentit pas un instant pour le poète. Il eut, comme Regnard, le rare avantage d'être un des heureux de son siècle : mais il le fut encore plus que le poète comique; il étoit époux et père.

Donnant désormais aux soins et aux plaisirs de

son ménage une partie du temps qu'il consacroit auparavant tout entier aux travaux littéraires, il s'écoula trois ans sans que Quinault fît rien paroître. Enfin, en 1664, le succès prodigieux d'*Astrate* vint mettre le comble à sa réputation. Pendant trois mois cette tragédie attira une telle affluence de spectateurs, que les comédiens doublèrent le prix des places. Ce moyen de recette leur procura des sommes très considérables; ce qui fit dire à un écrivain du temps qui publioit une espèce de journal en vers [1], que depuis cette tragédie ces messieurs sembloient *de petits Crésus.* Mais Boileau, qui apparemment ne tenoit aucun compte du produit des recettes, ne voulut pas y reconnoître des preuves de mérite, et son jugement motivé en quatre vers contre l'*Astraste* l'emporta, et devoit en effet l'emporter contre celui de tous les spectateurs et de tous les panégyristes. J'ai pensé cependant que cette tragédie, dans laquelle Voltaire trouvoit de très belles scènes, qui est restée plus de quatre-vingts ans au théâtre, et est, après tout, la meilleure tragédie de Quinault, pouvoit être admise dans le choix de ses Œuvres.

[1] Loret, *Muse historique.*

Jusqu'alors notre poète n'avoit encore rien produit qui fût vraiment digne des suffrages des connoisseurs et de la postérité. Les succès amenoient les succès; car il est à remarquer qu'aucune de ses pièces ne reçut un mauvais accueil, si ce n'est *Bellérophon*, son avant-dernière tragédie, qui tomba dès la première représentation. Mais sa comédie de *la Mère coquette, ou les Amans brouillés*, représentée en 1665, auroit suffi pour faire vivre la mémoire de son auteur, et raffermir sa réputation dramatique, qui avoit souffert quelque atteinte. Le succès de cette comédie fut d'autant plus honorable pour Quinault, qu'il triompha de la jalousie d'un autre poète, Devisé, qui, ayant traité le même sujet, prétendit qu'il étoit de son invention, et que son rival étoit un plagiaire. Les deux comédies furent jouées en même temps, l'une sur le théâtre de l'Hôtel de Bourgogne, et l'autre sur le théâtre du Palais-Royal; et le public, qui ne s'inquiète guère des démêlés des auteurs et de leurs prétentions, pourvu qu'il soit diverti, donna gain de cause à Quinault. Sa comédie est restée au théâtre, celle de Devisé est ignorée.

Quinault touchoit au terme de sa première

carrière dramatique : il fit représenter encore les deux tragédies de *Bellérophon* et de *Pausanias* en 1665 et 1666. Ce furent les deux dernières, et non les plus heureuses : la première fut sifflée, et la seconde froidement accueillie. Il n'étoit alors âgé que de trente-un ans, et avoit donné seize pièces au Théâtre François, tant comédies que tragédies et tragi-comédies.

Soit par principes, soit par la crainte de voir encore le nom de son mari exposé à la sévérité du public, la femme de Quinault voyoit avec répugnance qu'il continuât à travailler pour le théâtre. Il lui promit d'y renoncer, et resta quelques années dans le repos.

En 1670, il reçut la plus noble et la plus digne récompense de ses travaux : les portes de l'Académie lui furent ouvertes. Le nouvel académicien, avec la conscience d'un homme de vrai mérite qui ne se dissimule pas ses défauts, plutôt que par une feinte modestie, s'exprimoit ainsi dans son compliment de réception : « Je n'ai pas pris assez de vanité des applaudissemens dont mes vers ont été quelquefois favorisés, pour me croire digne d'être admis dans une société si pleine de gloire. [1]

[1] Et Boileau, et Racine, et La Fontaine n'y étoient pas encore;

Je sais, messieurs, qu'il s'en faut beaucoup que le vulgaire aperçoive ce que vous pénétrez, et que souvent il y a bien loin de l'estime du peuple à votre approbation; aussi n'ai-je souhaité d'obtenir la grâce que vous m'accordez que pour acquérir parmi vous la perfection qui me manque, et les lumières dont j'ai besoin. »

En 1671, un an après sa réception à l'Académie, Quinault acheta une charge d'auditeur à la chambre des comptes, pour avoir un rang dans le monde, disent les Notices, mais sans doute aussi pour ne pas rester inoccupé; car on peut inférer d'un autre passage de son discours à l'Académie qu'il étoit dans la ferme résolution de ne plus écrire: « Et tandis que vous sacrifierez aux principales divinités du Parnasse, disoit-il, il est bon que vous ayez quelqu'un qui soit réservé pour le culte de cette dixième muse à qui Numa Pompilius fit élever des autels dans l'ancienne Rome, et qui préside à la science de se taire et à l'art de bien écouter. [1] » Quinault continua jusqu'à sa mort de

et Molière n'y fut jamais! Boileau n'entra à l'Académie qu'en 1684, âgé de quarante-huit ans, et Racine, en 1673, à trente-quatre ans.

[1] *Recueil des Harangues prononcées par messieurs de l'Académie Françoise*, 1714, in-12, tome I.

remplir les fonctions de sa charge, avec autant d'exactitude que les plus laborieux de ses confrères.

Heureusement pour les lettres et pour la gloire de son nom, le nouvel académicien ne fut pas long-temps réservé au culte de la muse silencieuse.

Je ne pense pas m'écarter de mon sujet, en rectifiant en peu de mots les détails généralement inexacts qui ont été écrits sur l'établissement de l'opéra par les auteurs qui ont parlé de Quinault. Ce genre de spectacle avoit été introduit en France par les soins du cardinal Mazarin, qui avoit fait venir des acteurs italiens pour représenter des opéras italiens; mais ce premier essai n'avoit point réussi. On donna ensuite, pour les fêtes et divertissemens de la cour, des ballets et des pastorales, dont l'abbé Perrin étoit en possession de faire les paroles, toutes médiocres qu'elles étoient; et Cambert, grand organiste du temps, en composoit la musique. En 1669, l'abbé Perrin obtint des lettres-patentes portant *Établissement des académies d'opéra par tout le royaume.* Mais comme une grande fortune étoit au moins aussi indispensable qu'un grand talent pour soutenir une pareille entreprise, il fut forcé d'avoir recours à divers associés qui cherchèrent à le dépouiller de son privilége. Le marquis de Sourdéac, possesseur d'une fortune considérable, avoit fait représenter à grands frais *la Toison d'or*, tragédie de P. Corneille, dès 1660, dans son château de Neubourg, en Normandie. Rien n'avoit jusqu'alors égalé la magnificence de ce spectacle, surtout sous le rapport des machines et des décorations, que le marquis, habile mécanicien, avoit fait exécuter lui-même. Un tel amateur pouvoit être d'un grand secours pour l'abbé Perrin, qui lui avoit déjà emprunté quelques fonds. Le marquis de Sourdéac, se prévalant de ses avances, soutint qu'il étoit associé de Perrin, qui, de son côté, avoit cédé en toute propriété son privilége à un sieur de Sablières, intendant de la musique de Monsieur, duc d'Orléans, et à Henri Guichard, gentilhomme du même duc, qui avoient fait également des avances à Perrin. De là une multitude de procès qui achevèrent de ruiner Perrin, Sourdéac et l'entreprise.[1] Cependant l'Opéra souffroit de ces débats d'intérêts, et son existence pouvoit

[1] Ces faits résultent des pièces de procès recueillies dans un volume in-4° de la Bibliothéque royale, sous le n° Y. 5498. A.

être compromise. C'est dans ces circonstances que Lulli, surintendant de la musique du roi, et qui seul alors étoit chargé de composer la musique des ballets de la cour, profitant de la division qui existoit entre les intéressés, obtint pour lui-même, en 1672, par le crédit de madame de Montespan, un privilége qui cassoit et annuloit celui de l'abbé Perrin.[1] Lulli, avec autant d'activité que d'intelligence, et malgré l'opposition formée à l'enregistrement de ses lettres-patentes par les cessionnaires du premier privilége, établit son théâtre au jeu de paume de Bel-Air, où il donna, dès la même année, *les Fêtes de l'Amour et de Bacchus*, pastorale, dont il avoit fait la musique sur les paroles de Quinault. En 1673, après la mort de Molière, qui lui-même avoit déjà mis à l'essai le talent de Quinault dans la tragédie-ballet de *Psyché*, Lulli fut mis en possession de la salle du Palais-Royal, et la fortune de l'Opéra prit bientôt une face nouvelle. « Parmi tout ce qu'il y avoit de poètes en ce temps-là (et jamais la France n'en a eu ni de meilleurs ni en plus grand

[1] Voltaire, Laharpe et tous les dictionnaires historiques que j'ai consultés disent que Perrin céda son privilége à Lulli. Voyez la *permission* donnée à Lulli à la suite de cette Notice.

nombre), Lulli préféra Quinault, dans qui se trouvoient réunies diverses qualités, dont chacune en particulier avoit son prix, et dont l'assemblage faisoit un homme unique en son genre : une oreille délicate pour ne choisir que des paroles harmonieuses; un goût formé à la tendresse pour varier en cent et cent manières les sentimens consacrés à cette espèce de tragédie; une grande facilité à rimer pour être toujours prêt à servir le roi au besoin; une docilité encore plus rare pour se conformer toujours aux idées et même au caprice du musicien. [1] »

La première tragédie-opéra donnée par Quinault fut représentée le 1er février 1673. Cette pièce, quoique loin de la perfection à laquelle il parvint plus tard, annonçoit déjà que Lulli ne s'étoit pas trompé dans son choix. Quinault avoit imité le genre italien en mêlant du burlesque dans cette pièce; mais il fut le premier à s'apercevoir de ce défaut, et s'en corrigea dans la suite. Le roi fut tellement satisfait des *Fêtes de l'Amour et de Bacchus*, et de *Cadmus et Hermione*, qu'il choisit Quinault seul pour composer de pareils ouvrages, dont il lui indiquoit quelquefois lui-même les

[1] *Histoire de l'Académie Françoise*, tome II.

sujets. Il le gratifia en outre d'une pension de deux mille livres, et le décora du cordon de Saint-Michel.

Lulli, qui s'entendoit aussi bien à diriger ses affaires [1] qu'à conduire ses musiciens, sentit de quelle importance il étoit pour lui de s'attacher un poète comme Quinault. Il fit donc un traité par lequel le poète s'engageoit à fournir un opéra tous les ans, et le musicien à lui payer quatre mille livres. Ce traité reçut sa pleine exécution; ce qui n'est pas moins extraordinaire que la transaction elle-même, surtout lorsqu'on sait quelles étoient l'exigence et la vivacité du musicien. Il peut être assez curieux de connoître comment travailloient ensemble les deux auteurs; voici ce que nous apprend un écrivain : [2] « Lulli examinoit mot à mot la poésie de Quinault, déjà revue et corrigée, dont il retranchoit la moitié lorsqu'il le jugeoit à propos : et point d'appel de sa critique; il falloit que Quinault s'en retournât rimer de nouveau. A la fin il se mordoit si bien les doigts, que Lulli

[1] Après sa mort, on trouva dans sa cassette sept mille louis en or, et vingt mille écus en argent.

[2] De Fresneuse de La Vieville, *Comparaison de la Musique italienne et de la Musique françoise*, tome II, page 214.

agréoit une scène. Lulli la lisoit jusqu'à la savoir par cœur : il s'établissoit à son clavecin, chantoit et rechantoit les paroles, battoit son clavecin, et faisoit une basse continue. Quand il avoit achevé son chant, il se l'imprimoit tellement dans la tête, qu'il ne s'y seroit pas mépris d'une note, etc.... C'est ainsi que se composoit, par Quinault et par Lulli, le corps de l'opéra, dont les paroles étoient faites les premières. Au contraire, pour les divertissemens, Lulli faisoit les airs d'abord à sa commodité, et en son particulier. Il y falloit des paroles : afin qu'elles fussent justes, Lulli faisoit un canevas de vers, et il en faisoit aussi pour quelques airs de mouvement. Il appliquoit lui-même à ces airs de mouvement et à ces divertissemens des vers dont le mérite principal étoit de cadrer en perfection à la musique, et il envoyoit cette brochure à Quinault, qui ajustoit les scènes là-dessus. » — « Lulli disoit que Quinault étoit le seul poète qui pût l'accommoder, et qui sût aussi bien varier les mesures et les rimes dans la poésie, qu'il savoit varier les tours et les cadences en musique. [1] »

L'alliance de ces deux talens éleva bientôt la

[1] *Mercure galant*, février 1695, page 276.

scène lyrique françoise au-dessus de toutes les autres, mais avec cette différence que la musique du compositeur a passé de mode, et que les vers du poète seront toujours goûtés, tant que subsistera la langue françoise.

En 1674, Quinault reçut une nouvelle marque de l'estime que l'on faisoit de ses talens et de ses connoissances : il fut nommé membre de l'Académie des Inscriptions et Belles-Lettres. Les sujets de ses opéras, qu'il tiroit en partie de la fable, le mettoient souvent dans le cas de consulter les membres de cette société; et l'étude qu'il avoit faite des mythes anciens ne le rendoit pas tout-à-fait étranger aux travaux de cette Académie, comme cela est arrivé autrefois à quelques académiciens.

Pleins de zèle et d'ardeur pour servir les plaisirs du roi, Lulli et Quinault continuèrent à élever la renommée de l'Opéra françois jusqu'en 1686, que parut *Armide*. Ce fut le dernier ouvrage et le chef-d'œuvre de Quinault. Depuis cette époque, il cessa entièrement de travailler pour le théâtre. Quelques auteurs ont pensé qu'il prit cette résolution dans la crainte de rester inférieur à lui-même. Un tel excès de prudence n'est guère le propre du génie; il faut des causes plus puissantes pour en comprimer tout à coup les ressorts. Il paroît plus vraisemblable que, pressé de plus en plus par les sollicitations de sa femme, qui lui avoit communiqué ses sentimens religieux, il ne voulut plus composer de vers que pour chanter les louanges de Dieu; ce qui donna occasion à Perrault de rappeler les quatre premiers vers d'un poëme que Quinault avoit commencé sur la Destruction de l'Hérésie :

Je n'ai que trop chanté les Jeux et les Amours;
Sur un ton plus sublime il faut nous faire entendre :
Je vous dis adieu, Muse tendre,
Et vous dis adieu pour toujours.

Lorsque Lulli connut la détermination de Quinault, il prit tous les moyens imaginables pour le faire changer de dessein, mais inutilement. Lulli fit encore la musique de l'opéra d'*Acis et Galatée*, de la composition de Campistron; et une année après, 1687, il mourut, âgé seulement de cinquante-deux ans. Quinault devoit bientôt le suivre, et parut être frappé d'une mort si prompte. Les insomnies, le dégoût et une langueur générale précédèrent la maladie qui le mit au tombeau le 26 novembre 1688, à l'âge de cinquante-trois ans. Il fut enterré dans l'église de l'île Saint-Louis, sa paroisse. Il laissa une fortune de plus de cent mille écus, et cinq filles, dont trois entrèrent au couvent. Des deux autres, l'une a été mariée à M. Le Brun, auditeur à la cour des comptes, neveu du fameux peintre Le Brun; et la seconde à M. Gaillard, conseiller à la cour des aides.

Tout ce qui peut servir à faire connoître plus particulièrement un homme d'un génie supérieur, et qui a honoré sa patrie par ses talens comme par ses qualités, ne peut être sans intérêt pour les lecteurs; je vais donc retracer le portrait qu'un contemporain de Quinault nous a laissé de sa personne: « Il étoit bien fait, et d'une taille élevée; il avoit les yeux bleus, languissans et à fleur de tête; les sourcils clairs, le front élevé, large et uni; le visage long, l'air mâle, le nez bien fait et la bouche agréable; la physionomie d'un parfaitement honnête homme. Il avoit plus d'esprit qu'on ne pourroit dire; adroit et insinuant, tendre et passionné. Il parloit et écrivoit fort juste, et fort peu de gens pouvoient atteindre à la délicatesse de ses expressions dans les conversations familières. Son style n'étoit point recherché; au contraire, c'étoit la pure nature qui parloit pour lui. Il étoit complaisant sans bassesse, disoit du bien de tout le monde, jamais ne parloit mal de personne, surtout des absens, ou pallioit leurs défauts, ou les excusoit; ce qui lui avoit fait beaucoup d'amis et jamais d'ennemis. Il avoit le secret de se faire aimer de tout le monde. La passion qui le dominoit le plus étoit l'amour [1]; mais il l'a toujours conduite avec tant d'adresse, qu'il se pouvoit vanter avec justice qu'elle ne lui avoit jamais fait faire un faux pas, malgré les emportemens qu'elle inspire d'ordinaire aux autres. »

Si ce portrait n'est pas flatté, Quinault devoit être l'un des hommes les plus aimables et les plus agréables de son siècle, comme il fut l'un des plus distingués par son esprit.

[1] Regnard, dans sa jeunesse, adressa à Quinault une épître qui commence par ces vers :

> Favori des neuf Sœurs, toi que l'Amour fit naître
> Pour être en l'art d'aimer et le guide et le maître.

Dans cette épître, il lui demande des conseils, et l'invite à corriger ses vers :

> Juge sévère et juste, ajoute, change, efface;
> Viens des vers trop pompeux humilier l'audace.
> . . . .
> Et pour élève enfin si tu veux m'avouer,
> C'est par cet endroit seul qu'il faudra me louer.

Quant à ses ouvrages, le sentiment d'admiration qu'ils ont excité chez les panégyristes, peut n'être point partagé par tous les lecteurs. C'est pour cette raison, comme je l'ai observé en commençant cet écrit, que je n'ai point recueilli les nombreux éloges dont Quinault a été le sujet. Il n'y a peut-être pas dans toute notre littérature deux auteurs sur lesquels les opinions soient, encore aujourd'hui, moins fixées que sur notre poète lyrique. Je n'en donnerai pour preuve que les passages suivans, tirés de deux Notices sur Quinault écrites récemment par deux littérateurs distingués. « L'opéra [1] tel qu'il a été conçu par Quinault, n'a aucune physionomie particulière ; il prend alternativement tous les tons sans s'élever à celui de la grande poésie, sans présenter les développemens des passions, et sans pénétrer dans les replis du cœur humain. Cette manière superficielle d'esquisser quelques situations, d'effleurer quelques sentimens, se rapprochoit beaucoup du caractère de Quinault. » —Voici la contre-partie : « Le prodigieux mérite de Quinault [2] dans

[1] *Répertoire du Théâtre françois*, avec des notices sur chaque auteur, et l'examen de chaque pièce, par M. Petitot, in-8°, t. VIII.

[2] *Biographie universelle*, article QUINAULT, par M. de Sevelinges.

le genre de l'opéra, loin d'avoir été exagéré, n'est pas assez généralement senti. D'autres poètes, sans doute, ont possédé les grâces et l'élégance du style; mais nul d'entre eux n'a été doué de cette mélodie enchanteresse, qui permettroit de dire que les vers de Quinault étoient déjà de la musique avant d'être livrés au musicien. — Les étrangers qui ont fait une étude profonde de notre langue sont tellement enchantés par la lecture de Quinault, qu'ils nous reprochent de ne pas savoir lui rendre justice. [1] » Cette opposition de sentimens est remarquable; et elle existe également parmi les écrivains du siècle dernier, où l'on s'occupoit tant de questions littéraires. Dans une semblable cause, c'est au lecteur à prononcer.

[1] Voici ce que dit à ce sujet M. A. W. Schlegel, célèbre critique allemand : «Pour être presque oublié de nos jours, ce poète « lyrique n'en mérite pas moins les palmes les plus brillantes. Ses « opéras sont remarquables par leur marche légère et animée, et « par l'imagination fantastique qui y brille. La tragédie lyrique ne « peut pas renoncer à l'attrait du merveilleux sans tomber dans « une monotonie assoupissante. C'est en cela que je trouve la route « qu'a tracée Quinault fort préférable à celle que Métastase a suivie « long-temps après. Quinault est resté sans successeurs : et combien « les opéras d'aujourd'hui ne sont-ils pas inférieurs aux siens, soit « pour le plan, soit pour l'exécution ! etc. »

Pour moi, j'ai rendu à Quinault le seul hommage qu'il fût en mon pouvoir de lui offrir, en publiant, pour la première fois dans le format *in-octavo*, une nouvelle édition de ses meilleurs ouvrages, et en lui donnant l'exactitude, la correction et l'élégance désirables pour la faire placer dans les bibliothéques à côté des grands écrivains du siècle de Louis XIV.

G.-A. CRAPELET.

FIN DE LA NOTICE.

PIÈCES

RELATIVES A L'ÉTABLISSEMENT

DE

L'ACADÉMIE ROYALE

DE MUSIQUE.

LETTRES PATENTES DU ROI

Pour l'établissement d'une Académie royale de Danse *en la ville de Paris.*

Louis, par la grâce de Dieu, roi de France et de Navarre, à tous présens et à venir, salut :

Bien que l'art de la danse ait toujours été reconnu l'un des plus honnêtes et plus nécessaires à former le corps, et lui donner les premières et plus naturelles dispositions à toute sorte d'exercices, et entre autres à ceux des armes, et par conséquent l'un des plus avantageux et plus utiles à notre noblesse, et autres qui ont l'honneur de nous approcher, non seulement en temps de guerre dans nos armées, mais même en temps de paix dans le divertissement de nos ballets : néanmoins il s'est, pendant les désordres et la confusion des dernières guerres, introduit dans ledit art, comme en tous les autres, un si grand nombre d'abus capables de les porter à leur ruine irréparable, que plusieurs personnes, pour ignorans et inhabiles qu'ils aient été en cet art de la danse, se sont ingérés de la montrer publiquement; en sorte qu'il y a lieu de s'étonner que le petit nombre de ceux qui se sont trouvés capables de l'enseigner aient, par leur étude et par leur application, si long-temps résisté aux essentiels défauts dont le nombre infini des ignorans ont tâché de la défigurer et de la corrompre en la personne de la plus grande partie des gens de qualité ; ce qui fait que nous en voyons peu, dans notre cour et suite, capables et en état d'entrer dans nos ballets et autres semblables divertissemens de danse, quelque dessein que nous eussions de les y appeler. A quoi étant nécessaire de pourvoir, et désirant rétablir ledit art dans sa première perfection, et l'augmenter autant que faire se pourra, nous avons jugé à propos d'établir dans notre bonne ville de Paris une Académie royale de Danse, à l'exemple de celles de Peinture et Sculpture, composée de treize des anciens et plus expérimentés au fait dudit art, pour faire par eux, en tel lieu et maison qu'ils voudront choisir dans ladite ville, l'exercice de toute sorte de danse suivant les statuts et règlemens que nous en avons fait dresser en nombre de douze principaux articles. A CES CAUSES, et autres bonnes considérations à ce nous mouvans, nous avons, par ces présentes, signées de notre main, et de notre pleine puissance et autorité royale, dit, statué et ordonné, disons, statuons et ordonnons, voulons et nous plaît qu'il soit incessamment établi en notredite ville de Paris une Académie royale de Danse, que nous avons composée de treize des plus expérimentés dudit art, et dont l'adresse et la capacité nous est connue par l'expérience que nous en avons souvent faite dans nos ballets, où nous leur avons fait l'honneur de les appeler depuis quelques années; savoir, de François Galland; sieur Du Desert, maître à danser de la reine, notre très chère épouse; Jean Renauld, maître à danser de notre très cher et unique frère le duc d'Orléans; Thomas Levacher; Hilaire d'Olivet; Jean et Guillaume Reynal, frères; Guillaume Queru; Nicolas de l'Orge; Jean-François Piquet; Jean Grigny; Florent Galand-Desert, et Guillaume Renauld; lesquels s'assembleront une fois le mois, dans tel lieu ou maison qui sera par eux choisie et prise à frais communs, pour y conférer entre eux du fait de la danse, aviser et délibérer sur les moyens de la perfectionner, et corriger les abus et défauts qui peuvent avoir été ou être ci-après introduits; tenir et régir ladite Académie, suivant et conformément auxdits statuts et règlemens ci attachés sous le contre-scel de notre chancellerie, lesquels nous voulons être gardés et observés selon leur forme et teneur : faisant très expresses défenses à toutes personnes de quelque qualité qu'ils soient d'y contrevenir, aux peines y contenues, et de plus grande, s'il y écheoit. Voulons que les susnommés, et autres qui composeront ladite Académie, jouissent, à l'instar de l'Académie de Peinture et Sculpture, du droit de *committimus*, de toutes leurs causes personnelles, possessoires, hypothécaires ou mixtes, tant en demandant que défendant, pardevant les maîtres des requêtes ordinaires de notre hôtel, ou requêtes du Palais à Paris, à leur choix, tout ainsi qu'en jouissent les officiers commensaux de notre maison, et décharge de toutes tailles et curatelles, ensemble de tout guet et garde. Voulons que ledit art de danse soit et demeure pour toujours exempt de toutes lettres de maîtrise; et si par surprise ou autrement, en quelque manière que ce soit, il en avoit été ou étoit ci-après expédié aucune, nous les avons dès à présent révoquées, déclarées nulles et de nul effet; faisant très expresses défenses à ceux qui les auront obtenues de s'en servir à peine de quinze cents livres d'amende, et autant de dommages et intérêts applicables à ladite Académie......

Donné à Paris, au mois de mars, l'an de grâce mil

six cent soixante-un, et de notre règne le dix-huitième.

Signé LOUIS.

Et sur le repli : Par le roi, De Guénégaud.

LETTRES PATENTES DU ROI

Pour établir, par tout le royaume, des Académies d'Opéra *ou représentations en musique, en langue françoise, sur le pied de celles d'Italie, en faveur du sieur Perrin.*

Louis, par la grâce de Dieu, roi de France et de Navarre, à tous ceux qui ces présentes lettres verront, salut :

Notre amé et féal Pierre Perrin, conseiller en nos conseils, et introducteur des ambassadeurs près la personne de feu notre très cher et bien amé oncle le duc d'Orléans, nous a très humblement fait remontrer que depuis quelques années les Italiens ont établi diverses Académies, dans lesquelles il se fait des représentations en musique, qu'on nomme *opéras ;* que ces Académies, étant composées des plus excellens musiciens du pape et autres princes, même de personnes d'honnête famille, nobles et gentilshommes de naissance, très savans et expérimentés en l'art de la musique, qui y vont chanter, font à présent les plus beaux spectacles et les plus agréables divertissemens, non seulement des villes de Rome, Venise et autres cours d'Italie, mais encore ceux des villes et cours d'Allemagne et Angleterre, où lesdites Académies ont été pareillement établies à l'imitation des Italiens; que ceux qui font les frais nécessaires pour lesdites représentations se remboursent de leurs avances sur ce qui se prend du public à la porte des lieux où elles se font; enfin, que, s'il nous plaisoit lui accorder la permission d'établir dans notre royaume de pareilles Académies, pour y faire chanter en public de pareils opéras, ou représentations en musique en langue françoise, il espère que non seulement ces choses contribueroient à notre divertissement et à celui du public, mais encore que nos sujets, s'accoutumant au goût de la musique, se porteroient insensiblement à se perfectionner en cet art, l'un des plus nobles des libéraux. A CES CAUSES, désirant contribuer à l'avancement des arts dans notre royaume, et traiter favorablement ledit exposant, tant en considération des services qu'il a rendus à feu notre très cher et bien amé oncle le duc d'Orléans, que de ceux qu'il nous rend depuis plusieurs années en la composition des paroles de musique qui se chantent tant en notre chapelle qu'en notre chambre; nous avons audit Perrin accordé et octroyé, accordons et octroyons, par ces présentes signées de notre main, la permission d'établir, en notre bonne ville de Paris et autres de notre royaume, des Académies composées de tel nombre et qualité de personnes qu'il avisera, pour y représenter et chanter en public des opéras et représentations en musique, en vers françois, pareilles et semblables à celles d'Italie; et, pour dédommager l'exposant des grands frais qu'il conviendra faire pour lesdites représentations, tant pour les théâtres, machines, décorations, habits, qu'autres choses nécessaires, nous lui permettons de prendre du public telles sommes qu'il avisera, et à cette fin d'établir des gardes et autres gens nécessaires à la porte des lieux où se feront lesdites représentations ; faisant très expresses inhibitions et défenses à toutes personnes, de quelque qualité et condition qu'elles soient, même aux officiers de notre maison, d'y entrer sans payer, et de faire chanter de pareils opéras ou représentations en musique, en vers françois, dans toute l'étendue de notre royaume, pendant douze années, sans le consentement et permission dudit exposant, à peine de dix mille livres d'amende, confiscation des théâtres, machines et habits, applicable, un tiers à nous, un tiers à l'hôpital général, et l'autre tiers audit exposant ; et, attendu que lesdits opéras et représentations sont des ouvrages de musique tout différens des comédies récitées, et que nous les érigeons, par cesdites présentes, sur le pied de celles des Académies d'Italie, où les gentilshommes chantent sans déroger, voulons et nous plaît que tous gentilshommes, damoiselles et autres personnes puissent chanter auxdits opéras, sans que pour ce ils dérogent au titre de noblesse ni à leurs priviléges, charges, droits et immunités ; révoquons, par ces présentes, toutes permissions et priviléges que nous pourrions avoir ci-devant donnés et accordés, tant pour raison desdits opéras que pour réciter des comédies en musique, sous quelques noms, qualités, conditions et prétextes que ce puisse être. Si donnons en mandement à nos amés et féaux conseillers les gens tenant notre Cour de Parlement à Paris, et autres nos justiciers et officiers qu'il appartiendra, que ces présentes ils aient à faire lire, publier et enregistrer, et du contenu en icelles faire jouir et user ledit exposant pleinement et paisiblement, cessant et faisant cesser tous troubles et empêchemens au contraire: car tel est notre plaisir.

Donné à Saint-Germain-en-Laye, le vingt-huitième jour de juin mil six cent soixante-neuf, et de notre règne le vingt-septième.

Signé LOUIS.

Et sur le repli: Par le roi, COLBERT.

Et scellé du grand sceau de cire jaune.

PERMISSION

Pour tenir ACADÉMIE ROYALE DE MUSIQUE, *en faveur du sieur de Lulli.*

LOUIS, par la grâce de Dieu, roi de France et de Navarre, à tous présens et à venir, salut:

Les sciences et les arts étant les ornemens les plus considérables des états, nous n'avons point eu de plus agréables divertissemens, depuis que nous avons donné la paix à nos peuples, que de les faire revivre, en appelant près de nous tous ceux qui se sont acquis la réputation d'y exceller, non seulement dans l'étendue de notre royaume, mais aussi dans les pays étrangers; et, pour les obliger davantage de s'y perfectionner, nous les avons honorés des marques de notre estime et de notre bienveillance: et comme, entre les arts libéraux, la musique y tient un des premiers rangs, nous aurions, dans le dessein de la faire réussir avec tous ces avantages, par nos lettres patentes du 28 juin 1669, accordé au sieur Perrin une permission d'établir en notre bonne ville de Paris, et autres de notre royaume, des Académies de Musique, pour chanter en public des pièces de théâtre, comme il se pratique en Italie, en Allemagne et en Angleterre, pendant l'espace de douze années; mais, ayant été depuis informé que les peines et les soins que ledit sieur Perrin a pris pour cet établissement n'ont pu seconder pleinement notre intention, et élever la musique au point que nous nous l'étions promis; nous avons cru, pour y mieux réussir, qu'il étoit à propos d'en donner la conduite à une personne dont l'expérience et la capacité nous fussent connues, et qui eût assez de suffisance pour fournir des élèves, tant pour chanter et actionner sur le théâtre qu'à dresser des bandes de violons, flûtes et autres instrumens. A CES CAUSES, bien informé de l'intelligence et grande connoissance que s'est acquise notre cher et bien amé Jean-Baptiste Lulli, au fait de la musique, dont il nous a donné et donne journellement de très agréables preuves depuis plusieurs années qu'il s'est attaché à notre service, qui nous ont convié de l'honorer de la charge de surintendant et compositeur de la musique de notre chambre; nous avons audit sieur Lulli permis et accordé, permettons et accordons, par ces présentes signées de notre main, d'établir une Académie royale de Musique dans notre bonne ville de Paris, qui sera composée de tel nombre et qualité de personnes qu'il avisera bon être, que nous choisirons et arrêterons sur le rapport qu'il nous en fera, pour faire des représentations devant nous, quand il nous plaira, des pièces de musique qui seront composées tant en vers françois qu'autres langues étrangères, pareilles et semblables aux Académies d'Italie, pour en jouir sa vie durant, et, après lui, celui de ses enfans qui sera pourvu et reçu en survivance de ladite charge de surintendant de la musique de notre chambre, avec pouvoir d'associer avec lui qui bon lui semblera pour l'établissement de ladite Académie; et pour le dédommager des grands frais qu'il conviendra faire pour lesdites représentations, tant à cause des théâtres, machines, décorations, habits, qu'autres choses nécessaires, nous lui permettons de donner au public toutes les pièces qu'il aura composées, même celles qui auront été représentées devant nous, sans néanmoins qu'il puisse se servir, pour l'exécution desdites pièces, des musiciens qui sont à nos gages; comme aussi de prendre telle somme qu'il jugera à propos, et d'établir des gardes et autres gens nécessaires aux portes des lieux où se feront lesdites représentations; faisant très expresses inhibitions et défenses à toutes personnes, de quelque qualité et condition qu'elles soient, même aux officiers de notre maison, d'y entrer sans payer; comme aussi de faire chanter aucune pièce entière en musique, soit en vers françois ou autres langues, sans la permission par écrit dudit sieur Lulli, à peine de dix mille livres d'amende, et de confiscation des théâtres, machines, décorations, habits et autres choses, appliquées, un tiers à nous, un tiers à l'hôpital général, et l'autre tiers audit sieur Lulli, lequel pourra aussi établir des écoles particulières de musique en notre bonne ville de Paris, et partout où il jugera nécessaire pour le bien et l'avantage de ladite Académie royale. Et d'autant que nous l'érigeons sur le pied de celles des Académies d'Italie, où les gentilshommes chantent publiquement en musique sans déroger, voulons et nous plaît que tous gentilshommes et damoiselles puissent chanter auxdites pièces et représentations de notre Académie royale, sans que pour ce ils soient censés déroger audit titre de noblesse et à leurs priviléges, charges, droits et immunités; révoquons, cassons et annullons, par cesdites présentes, toutes permissions et priviléges que nous pourrions avoir ci-devant donnés et accordés, même celui dudit Perrin, pour raison desdites pièces de théâtre en musique, sous quelques noms, qualités, conditions et prétextes que ce puisse être. Si donnons en mandement à nos amés et féaux conseillers les gens tenant notre Cour de Parlement à Paris, et autres nos justiciers et officiers qu'il appartiendra, que ces présentes ils aient à faire lire, publier et enregistrer, et du contenu en icelles faire jouir et user ledit exposant pleinement et paisiblement, cessant et faisant cesser tous troubles et empêchemens au contraire: car tel est notre plaisir; et afin que ce soit chose ferme et stable à toujours, nous avons fait mettre notre scel à cesdites présentes.

Donné à Versailles, au mois de mars, l'an de grâce mil six cent soixante et douze, et de notre règne le vingt-neuvième.

Signé LOUIS.

Et à côté: *Visa*, LOUIS.

Et plus bas: Par le roi, COLBERT.

EXTRAIT
DU PRIVILÉGE DU ROI,
POUR L'IMPRESSION DES OUVRAGES DE LULLI.

Louis, etc. Notre bien amé Jean-Baptiste Lulli, surintendant de la musique de notre chambre, nous a fait remontrer que les airs de musique qu'il a ci-devant composés, ceux qu'il compose journellement par nos ordres, et ceux qu'il sera obligé de composer à l'avenir pour les pièces qui seront représentées par l'Académie royale de Musique, laquelle nous lui avons permis d'établir en notre bonne ville de Paris, et autres lieux de notre royaume où bon lui semblera, étant purement de son invention, et de telle qualité, que le moindre changement ou omission leur fait perdre leur grâce naturelle; de sorte que, comme son esprit seul les produit pour les appliquer aux sujets qu'il y trouve proportionnés, nul autre ne peut si bien que lui rendre lesdits ouvrages publics dans leur perfection, et avec l'exactitude qui leur est due : et d'ailleurs il est juste que, si leur impression doit apporter quelque avantage, il revienne plutôt à l'auteur, pour le récompenser de son travail, et de partie des frais qu'il avance pour l'exécution des desseins qu'il doit faire représenter par ladite Académie, qu'à de simples copistes qui les imprimeroient sous prétexte de permissions générales ou

4

particulières qu'ils peuvent avoir obtenues par surprise ou autrement; ce qui l'oblige d'avoir recours à nos lettres sur ce nécessaires. A CES CAUSES, voulant favorablement traiter l'exposant, nous lui avons permis et accordé, permettons et accordons par ces présentes de faire imprimer par tel libraire ou imprimeur, en tel volume, marge, caractère, et autant de fois qu'il voudra, avec planches et figures, tous et chacuns les airs de musique qui seront par lui faits, comme aussi les vers, paroles, sujets, desseins et ouvrages sur lesquels lesdits airs de musique auront été composés, sans en rien excepter, et ce, pendant le temps de trente années consécutives, etc.

A Versailles, le vingtième jour de septembre de l'an mil six cent soixante-douze.

FIN DES PIÈCES RELATIVES A L'OPÉRA.

LISTE CHRONOLOGIQUE
DES
OUVRAGES DE QUINAULT.

Les Rivales, comédie en cinq actes, représentée en 1653. L'auteur n'avoit alors que dix-huit ans.

La généreuse Ingratitude, tragi-comédie pastorale en cinq actes, représentée en 1654; dédiée au prince Armand de Bourbon, prince de Conti, avec une ode au même.

L'Amant indiscret, ou le Maître étourdi, comédie en cinq actes, représentée en 1654; dédiée au duc de Candale et de La Valette, pair de France.

La Comédie sans Comédie, en cinq actes, représentée en 1655; dédiée à M. le marquis de La Mailleraye, grand-maître de l'artillerie. Le premier acte de cette pièce est une espèce de prologue; le second est intitulé *Élomire*, pastorale; le troisième *le Docteur de verre*, comédie; le quatrième *Clorinde*, tragédie; le cinquième, *Armide et Renaud*, tragi-comédie.

La Mort de Cyrus, tragédie en cinq actes, représentée en 1656; dédiée à la Surintendante.

Les Coups de l'Amour et de la Fortune, tragi-comédie en cinq actes, représentée en 1656; dédiée au prince Henri de Lorraine, duc de Guise.

Le Mariage de Cambyse, tragi-comédie en cinq actes, représentée en 1657; dédiée au duc d'Anjou, frère unique du roi.

AMALASONTE, tragédie en cinq actes, représentée en 1657; dédiée au cardinal Mazarin.

LE FEINT ALCIBIADE, tragi-comédie en cinq actes, représentée en 1658; dédiée au surintendant des finances Fouquet, procureur-général et ministre d'état.

LE FANTÔME AMOUREUX, tragi-comédie en cinq actes, représentée en 1659; dédiée à M. le comte de Saint-Aignan, lieutenant-général.

STRATONICE, tragi-comédie en cinq actes, représentée en 1660; dédiée à M. Jeannin de Castille, trésorier de l'épargne.

AGRIPPA, ROI D'ALBE, OU LE FAUX TIBÉRINUS, tragi-comédie en cinq actes, représentée en 1661; dédiée au roi.

Cette tragédie et la suivante restèrent au théâtre pendant quatre-vingts ans.

ASTRATE, ROI DE TYR, tragédie en cinq actes, représentée en 1664; dédiée à la reine.

LA MÈRE COQUETTE, OU LES AMANS BROUILLÉS, comédie en cinq actes, représentée en 1665; dédiée à madame la duchesse de Montausier, dame d'honneur de la reine.

BELLÉROPHON, tragédie en cinq actes, représentée en 1665; dédiée au duc de Chevreuse.

PAUSANIAS, tragédie en cinq actes, représentée en 1666; dédiée au duc de Montausier, gouverneur du dauphin.

Depuis cette pièce, Quinault ne travailla plus que pour l'Opéra. [1]

[1] On a suivi pour cette partie des ouvrages de Quinault, l'ordre chronologique indiqué dans l'*Histoire du Théâtre François depuis son origine*, tome VII, *in*-12. Ce recueil étant spécialement consacré à donner l'historique des pièces de théâtre, m'a paru mériter le plus de confiance; car les différentes listes que j'ai consultées, du père Niceron, de l'abbé d'Olivet, de Chauffepié, des Dictionnaires historiques, ne sont pas d'accord entre elles sur les dates des représentations.

La Grotte de Versailles, églogue en musique, représentée en 1668, paroles de Quinault, musique de Lulli.

Cette pièce fait partie du troisième volume du Recueil des Opéras de l'Académie royale de Musique, mais ne se trouve dans aucune des éditions des OEuvres de Quinault, en cinq volumes *in*-12, ni même mentionnée par le père Niceron, article Quinault, tome XXXIII de ses *Mémoires*, etc.

Psyché, tragi-comédie, ballet, dansé devant S. M. au mois de janvier 1671.

La tragi-comédie est de Molière et de Thomas Corneille; les paroles du ballet sont de Quinault, et la musique de Lulli. Ce ballet ne fait pas partie des éditions *in*-12.

Les Fêtes de l'Amour et de Bacchus, pastorale en trois actes, représentée par l'Académie royale de Musique, au jeu de paume de Bel-Air, en 1672.

Cadmus et Hermione, tragédie-opéra en cinq actes, représentée par l'Académie royale de Musique sur le théâtre du Palais-Royal, le 1er février 1673, avec une épître en vers au roi, et au nom de l'Académie royale de Musique.

Alceste, ou le Triomphe d'Alcide, tragédie-opéra en cinq actes, représentée par l'Académie royale de Musique, le 19 janvier 1674.

Thésée, tragédie-opéra, en musique, ornée d'entrées de ballet, de machines et de changemens de théâtre, représentée devant S. M., à Saint-Germain-en-Laye, le 11 janvier 1675, et, à Paris, au mois d'avril de la même année.

Atys, tragédie en cinq actes et en musique, ornée d'entrées de ballet, de machines et de changemens de théâtre, représentée à Saint-Germain-en-Laye, le 10 janvier 1676.

L'opéra d'*Atys*, dans le siècle suivant, obtint deux fois les honneurs de la parodie au Théâtre Italien et à l'Opéra-Comique. On disoit alors, pour caractériser quelques opéras de Quinault, qu'*Atys* étoit l'opéra du roi; *Armide*, celui des dames; *Phaéton*, celui du peuple; et *Isis*, celui des musiciens.

Isis, tragédie en cinq actes et en musique, ornée d'entrées de ballet, de machines et de changemens de théâtre, représentée devant S. M., à Saint-Germain-en-Laye, le 5 janvier 1677, et, à Paris, au mois d'août de la même année.

Proserpine, tragédie en cinq actes et en musique, ornée d'entrées de ballet, de machines et de changemens de théâtre, représentée devant S. M., à Saint-Germain-en-Laye, le 3 février 1680, et à Paris, le 15 novembre de la même année.

Le Triomphe de l'Amour, ballet, dansé devant S. M., à Saint-Germain, le 21 janvier 1681.

Ce fut dans ce ballet que l'on vit, pour la première fois, des femmes danser sur le théâtre de l'Opéra. [1]

Persée, tragédie-opéra, représentée par l'Académie royale de Musique, le 17 avril 1682, et ensuite à Versailles, au mois de juin.

Phaéton, tragédie en cinq actes et en musique, représentée devant le roi, le 6 janvier 1683, et ensuite par l'Académie royale de Musique, le 27 avril suivant.

Amadis de Gaule, tragédie en cinq actes et en musique, représentée par l'Académie royale de Musique, le 18 janvier 1684, et devant le roi, à Versailles, en février 1685.

Louis xiv avoit donné à Quinault le sujet de cet opéra, qui devoit être représenté à Versailles pendant le carnaval de l'année 1684; mais la reine étant morte vers cette

[1] Voyez le Recueil du duc de La Vallière, intitulé : *Ballets, Opéras, et autres ouvrages lyriques, par ordre chronologique depuis leur origine ;* Paris, 1760, *in*-8°. C'est d'après cet ouvrage qu'est donnée ici l'indication des dates des représentations des opéras; dates qui ne sont pas d'accord avec la plupart de celles rapportées dans les éditions *in*-12. Voyez aussi les *Mémoires pour servir à l'Histoire des Hommes illustres dans la république des Lettres*, par Niceron, article Quinault.

époque, le roi permit que cet opéra fût donné au public. On avoit prétendu que ce sujet embarrassoit beaucoup Quinault; et ce fut à cette occasion qu'il fit l'épigramme suivante :

> Ce n'est pas l'opéra que je fais pour le roi
> Qui m'empêche d'être tranquille ;
> Tout ce qu'on fait pour lui paroît toujours facile.
> La grande peine où je me voi,
> C'est d'avoir cinq filles chez moi,
> Dont la moins âgée est nubile.
> Je dois les établir, et voudrois le pouvoir ;
> Mais à suivre Apollon on ne s'enrichit guère :
> C'est avec peu de bien un terrible devoir
> De se sentir pressé d'être cinq fois beau-père.
> Quoi ! cinq actes devant notaire
> Pour cinq filles qu'il faut pourvoir !
> O ciel ! peut-on jamais avoir
> Opéra plus fâcheux à faire ?

Roland, tragédie-opéra, représentée à Versailles, le 18 janvier 1685, et par l'Académie royale de Musique, le 8 février suivant.

Le Temple de la Paix, ballet, dansé devant le roi, à Fontainebleau, le 12 septembre 1686.

Armide, tragédie en musique, représentée par l'Académie royale de Musique, le 15 février 1685.

Quinault a fait encore *les Amours de Lysis et d'Hespérie*, pastorale allégorique sur la négociation de la paix et du mariage du roi, en 1660. Cette pièce fut représentée au Louvre, devant le roi et la reine, le 9 décembre de la même année; mais elle n'a point été imprimée.

Il y a quelques pièces de vers de Quinault dans les Recueils du temps.

En 1813 a été imprimé pour la première fois le *Poëme de Sceaux*, en deux chants, qui fut composé par Quinault pour Colbert, selon Perrault et l'auteur de la Vie de Quinault, dans l'édition de 1715. On est redevable de la publication de ce poëme à madame De Bure, qui en conserve le manuscrit sur vélin, dans sa bibliothéque, et qui en a permis la communication.

On trouve à la Bibliothéque du Roi, dans un petit cahier (n° 5093), intitulé *Recueil de plusieurs Pièces contre Despréaux*, en vingt-un feuillets, dont dix seulement sont manuscrits, et le reste blanc, une satire contre Boileau, attribuée à Quinault, dont le nom se lit à la fin, et adressée à M. de Bussy-Rabutin. Cette pièce se compose de quatre-vingts vers; mais les pensées sont si foibles et le style si trivial, qu'il n'est pas possible de croire que Quinault en soit l'auteur. L'un des vers les plus piquans de cette satire, à cause de l'imitation, est celui-ci :

J'appelle Horace Horace, et Boileau traducteur.

Quinault n'a laissé d'autres ouvrages en prose que des discours ou complimens adressés à Louis XIV, au nom de l'Académie Françoise, pendant qu'il en étoit directeur; ils se trouvent réunis dans le tome 1er du *Recueil des Harangues prononcées par messieurs de l'Académie Françoise*; Paris, 1714, *in*-12.

FIN DE LA LISTE CHRONOLOGIQUE.

www.ingramcontent.com/pod-product-compliance
Ingram Content Group UK Ltd.
Pitfield, Milton Keynes, MK11 3LW, UK
UKHW021009220726
13924UKWH00002B/930

9 782019 925574